ख़ामोश गुफ़्तगू

FanatiXx Publication
ISO 9001:2015 CERTIFIED

FanatiXx Publication
AM/56, Basanti Colony, Rourkela 769012, Odisha
ISO 9001:2015 CERTIFIED
Website: *www.fanatixx.in*

"ख़ामोश गुफ़्तगू"
By: सोफ़िया अली

Collection of hindi write ups 1st edition
ISBN: 978-81-944676-1-8

Book Formatting: सैज़ल गुप्ता

Cover Design: सागर समल

अस्वीकरण

इस पुस्तक में लिखे गए शेर, शायरी एवं कविताएँ पूरी तरह से लेखक द्वारा लिखी गए है। यदि बाद में कोई साहित्यिक चोरी पाई जाती है, तो प्रकाशन उसी के लिए जिम्मेदार नहीं होगा ।

अभिस्वीकृति

किसी भी लेखन के सफर की शुरूआत लेखक के मस्तिष्क में होती है पर उस लेखन को किताबी जामा पहनाने तक उस सफर में अनेक लोग प्रेरणा स्वरूप शामिल होते है। कुछ लोग प्रत्यक्ष रूप से उसमें शामिल होते हैं, कुछ लोग अप्रत्यक्ष रूप से और कुछ लोग भावनात्मक रूप से उस सफर में शामिल होते है।

'ख़ामोश गुफ़्तगू' केवल मेरी कलम से निकले शेर ही नहीं ये वाकई मेरे दिल के करीब है जो मेरे जीवन के कई कतरों को बताती है। कुछ जो मेरे सपने है, कुछ जो मेरे अपनों के सपनें है और कुछ जो मेरे सपनों में अपने है। ज़िंदगी केवल दिन बिताने का नाम नहीं है हम रोज एक ज़िंदगी जीते है और रोज कुछ नया सीखते है। दिन बीतते ही वो इतिहास में बदल जाते है। लेकिन इतिहास में केवल वो ही याद रखा जाता है जो लिखित में हो। अपने लेखन के द्वारा मैने एक कोशिश की है कि मेरी 'ख़ामोश गुफ़्तगू' हमेशा ताजा रहे ।

इस सफर में मेरे साथ कई सहयोगियों ने कदमताल किया और हौसला अफ़ज़ाई की। कई लोगों ने मेरे हौसले पर सवालिया निशान लगाने की कोशिश की, परंतु उस समय मेरे अपने उन हौसलों पर शक करने वालों के सामने दीवार की तरह खड़े हो गए।

यहाँ मैं अपने जीवनसाथी सैयद आमिर उस्मान जी का शुक्रिया अदा करना चाहती हूँ जिन्होंने मेरी ऐजुकेशन के साथ ही मेरे दूसरे शौक लेखन को कभी भी मुझसे दूर नहीं होने दिया। यहाँ मैं अपने ससुर सैयद फारूख अली जी का भी विषेश आभार व्यक्त करना चाहती हूँ जिन्होंने मेरे इस संग्रह को एक उपयुक्त नाम दिया। आप दोंनो के बगैर मेरा लेखन अधूरा है। मैं आप दोनों का तहेदिल से शुक्रिया अदा करना चाहती हूँ जिन्होंने समय-समय पर मेरा साथ देकर मेरा उत्साह कभी भी कम नहीं होने दिया। मैं आपने उस घर के माहौल के कैसे कम आंक सकती हूँ जिसमें मेरे फन को स्वछंद रूप से सांस लेने, फलने फूलने का माहौल दिया।

अंत में यासिर का शुक्रिया अदा करना चाहूँगी जिसने मुझे FanatiXx Publication से संपर्क करवाया, जिसके कारण मेरा सपना, 'ख़ामोश गुफ़्तगू' केवल सपना न रह कर सच्चाई में तब्दील हो गया है। FanatiXx Publication और उनकी टीम को उनके इस पुनीत कार्य हेतु आभार व्यक्त करती हूँ। जैसा कि आपके बारे में सुना है आप हमेशा नए लोगों को मौका देकर उनके फन को किताब की शक्ल में आम आदमी से खास बनाने का मौका देते है। मैं आपकी बहुतआभारी हूँ।

लेखक परिचय

मूलरूप से सोफ़िया, मध्यप्रदेश के सबसे हरे-भरे क्षेत्र जो कि अपने फॉरेस्ट और जंगली जीव जंतुओ के लिए जाने जानेवाले क्षेत्र सतपुड़ा की रानी 'पचमढ़ी' की निवासी है। हरी-भरी एवं खुशनुमा वादियों में पली सोफ़िया शादी के उपरांत झीलों की नगरी भोपाल आई। झीलों की नगरी भोपाल में उनका विवाह एक संभ्रांत सैयद परिवार में हुआ। उसके बाद बरखातुल्लाह विश्विद्यालय से बायोटेकनालॉजी से पोस्ट ग्रेजुएट की पढ़ाई कर रही है। पढ़ाई के साथ-साथ ही उनका दूसरा शौक शेर-ओ-शायरी को भी बखूबी अंजाम दे रहीं हैं।

Email: syedsofiyaali0111@gmail.com

Instagram: ali_sophiya

सूची

इश्क़ का इश्तहार कुछ लफ़्ज़ों में

आओगे मेरी कब्र पर तुम तो जानोगे,
खुशबू अभी भी तुम्हारे इत्र की महकती है ।

~~~~~

आपका नाम पढ़ते है कलमे की तरह,
अल्लाह हमारी मोहब्बत को मरहूम ना कर दें।

~~~~~

शाम जो हुई बेशरम,
हमने हया का दामन थाम लिया।

~~~~~

अनजानी राहों में मिले हो,अंजान हो तुम,
मगर क्यों ये दिल नहीं मानता कि पराए हो तुम ?
~~~~~

ना करो ज़िक्र-ए-हया,

ये उलफत ना गवारा होगी,

जब मोहब्बत न बेहया होगी,

तो मोहब्बत क्या मोहब्बत होगी ।

~~~~~

ना डाल पर्दा 'सोफ़िया',

पर्दा रेशम का,

आर-पार सब नज़र आता है,

धुंधला ही सही , प्यारे मौसम का।

~~~~~

मुलाकातें वो ज़रूरी थी

मंज़ूर जो की,

मग़रूर मोहब्बत में

मरहूम हो गए ।

खूबसूरत है ये ज़िंदगी यारों
बस खूबसूरत लोगों की तलाश है।

~~~~~

रंगों की फ़ितरत तो देखिए जनाब
कोई भी रंग हो उसको अपने रंग में रंग ही देता है ।

~~~~~

ख़ामोशीयों-ख़ामोशीयों में ये क्या कह गए आप,
हम भूल कर भी आपको भूल नहीं पा रहे है ।

~~~~~

जन्नत के दरवाजे भी उन लोगों के लिए खुलेंगे
जिनके दिलों में मोहब्बत और लबों पे मुस्कुराहट होगी।
~~~~~

ख़ामोश गुफ़्तगू

ज़हन में तुम थे,
ज़माने ने हमें मुसकुराते देखा,
किरदार को हमारे आज़माते देखा ।

~~~~~

मुद्दतों से मांगी थी दुआ
ज़रूर खाली रह गई होगी
ये इश्क़ इसलिए अधूरा रह गया ।

~~~~~

शायरी का नहीं,
मौसिक़ी का शौक था,
आपसे मिलने से पहले ।

मुस्कुराना तो हमने कब का भुला दिया,
बस हँस देते है,
अगर कोई बात करता है
सच्ची मोहब्बत की ।

~~~~~

कहिए, ना प्यार है,
प्यार पे एतबार ना रहा ।
कहिए, एतबार है,
प्यार हो जाएगा ।

~~~~~

तुम और हम,
हमारी ये बातें,
हमारे बीच में ही रहने दो,
दुनिया पढ़ेगी तो कहेगी, दिखावे की मोहब्बत थी ।

मेरी कहानी तो वहीं मुकम्मल हो गई,
जहाँ से आपने लिखना छोड़ दी ।

~~~~~

शौक नहीं है हमारा गुमसुम रहना,
हमें मोहब्बत में   मोहताज हो जाने से डर लगता है ।

~~~~~

आज कुछ ऐसा हुआ,
दिल ने गवाही दी तो सही उसके हक़ में ।

~~~~~

मोहब्बत में मर जाने वाले आशिक
आज मोहब्बत का तमाशा बनाए फिरते है।
~~~~~

बूंद - बूंद गिर रही थी,

था बारिश का मौसम,

सामने से आ रहे वो

भीघ रहा था तन - मन ।

~~~~~

जिसको देखा है पन्नों पे लिखते हुए,

अकेले ही पाया है,

क्या ये बदकिस्मती का तोहफ़ा-ए-शौक है,

या किसी आशिक की मोहब्बत की वाकेया ?

~~~~~

मोहब्बत एक नशा था,

जब चढ़ा,

हम होश खो बेठे,

जब उतरा,

हम खुदको खो बेठे।

चाहिए क्या है ज़िंदगी से यारों ?
एक पल की सुबह , एक पल की शाम,
एक चाय की प्याली , तेरे नाम ।

~~~~~

आँखों में जो ख़्वाब थे,
छुपा के रखे,
जाने कैसे वो ख़्वाब कोई पढ़ गया।

~~~~~

मोहब्बत में ही कहा था,
रुक जाने को,
आपको क़ैद करने का इरादा न था ।

इश्क़ करने के इरादे से निकले थे घर से
सबक लेके लौटे है।

~~~~~

मेरे इर्द – गिर्द घूमने की वजह बता दो
या तो साथ चलो या ये किस्सा ही मिटा दो ।

~~~~~

इश्क़ से ज़्यादा तो इस कलम ने बदनामी दी है
लोग समझते है की सिरफिरे आशिक है हम ।

~~~~~

मेरे गाने इस तरह से तुम्हारे शोकीन है,
जो सुनती हूँ ख़्याल तुम्हारा आता है ।
~~~~~

मेरी मौजूदगी हो या ना हो इस दुनिया में

फिकर हमेशा तुम्हारी रहेगी

तुम समझ रहे हो ना

इंतेहा मोहब्बत की ।

~~~~~

कश्मकश जो चल रही थी,

दिल और दिमाग के बीच 'सोफ़िया'

आज दिल जीत गया,

और हम हार गए ।

~~~~~

आग़ाज़-ए-मोहब्बत में,

साज़-ए-सादगी छुप गयी,

मोहब्बत के फरमान पे चले हम इस क़दर

सादगी धीरे- धीरे मिट गयी।

आरज़ू सिर्फ़ इतनी है ,

अगर हम मिट भी जाए ,

उन्हें इजाज़त हो हमें देखने की ।

~~~~~

दीदार-ए-दिलबर के लिए

ख़्वाब ही एक ज़रिया है

मुलाक़ात का।

~~~~~

एक तरफा मोहब्बत भी कमाल करती है

बातें बेशुमार करती है

बिना बताए ही खयाल करती है ।

कुछ मीठी सी बातें,
कुछ कड़वी सी यादें,
तेरे संग चली आ रही है,
मेरी लंबी मुलाकातें।

~~~~~

जिस तरफ हमने देखा,
वहाँ आपका एतबार था,
सच्ची मोहब्बत ही एक मंज़िल थी
जिसका इंतज़ार था ।

~~~~~

बेख़बर ज़माना क्या जाने,
इश्क़ का असर क्या होता है,
बातें तो बहुत बन जाती है,
कहने का मज़ा अलग होता है ।

आँखों की वो चमक
साफ बता रही थी
आलम मोहब्बत का
मदहोश थे वो इस क़दर
दरिया-ए-हुस्न में।

~~~~~

चाँद मुझे घूर रहा था,
मुझसे शिकायते कर रहा था,
मेरी आखिरी नज़र में तुम थे,
वो उसकी नज़र में मुझे भर रहा था
चाँद मुझे घूर रहा था ।
~~~~~

दिल दे दिया है, फर्ज़ है,

फर्ज़ है, प्यार भी करेंगे,

प्यार भी करेंगे , कब तक,

कब तक, जब तक हम ज़िंदा रहेंगे,

जब तक हम ज़िंदा रहेंगे , दुआ करेंगे,

दुआ करेंगे, मरते दम तक,

मरते दम तक।

नज़र-नज़र का खेल था वो

इज़हार हुआ , इंकार ना कर पाए,

सच्ची मोहब्बत का दौर था वो,

नज़र-नज़र का खेल था वो ।

ख़ामोश गुफ़्तगू

ख़ामोश गुफ़्तगू

एक तरफा इश्क़ की दास्तान ,
लंबी थी जनाब ।
हम बैठे तो थे बयां करने
करते-करते ऐसा लगा...
खैर छोड़ो,
रात गई,
बात गई ,
वो गई,
मुलाक़ात गई ।

वो अजनबी था मगर
अपना बनता चला गया ।
किसी और का शहर
अपना बनता चला गया ।
मेरी किस्मत थी उधर,
मैं चली उस डगर ।
उसने खींचा जिस तरफ,
रुख़ बदला उस तरफ ।
वो अजनबी था मगर,
अपना बनता चला गया ।

ख़ामोश गुफ़्तगू

कुछ नज़्म बयां करते वक़्त

लफ़्ज़ खत्म हो जाते है,

हो जाते है मुकम्मल नज़्म फिर भी,

मायने मिल जाते है

बात बादल जाती है ।

~~~~~

मन्मर्ज़ियों की हवा चल दी,

अपनी धुन में लिए ख़्वाब बढ़ दी

तस्वीर एक बनाई हज़ार कंकर लिए

एक - एक कंकर के नाम कर दी ।

~~~~~

करीब-करीब पहुँच ही गए उस मुक़ाम पे,

जिस मुक़ाम की खबर सभी को थी,

हम इस उम्र से उस उम्र में बढ़े तो सही,

कीमत बड़ी अज़ीज़ थी ।

मेरी ज़िंदगी की कहानी जानने से पहले
आखिरी पन्ना ज़रूर पढ़ लेना ।

~~~~~

बदलते हालात अगर साथ ना दे,
यकीनन सुनसान ज़मीन है ये ज़िंदगी ।

~~~~~

मेरी नाराज़गी का किस्सा क़ायम था;
मैं जीत रही थी हारते-हारते।

~~~~~

पा लिया उसको जिसका इंतज़ार था,
खो दिया वो टुकड़ा जो बेज़ार था ।
~~~~~

काश,
हम अपने बिछाए हुए
उस बिछोने में,
फिर बच्चों की तरह लिपट जाते,
जहाँ हमारा तकियों का महल
हमारा जहां होता,
हम बच्चे होते
हमारा जहां हम पे फना होता ।

मैं रह भी जाऊँ
जो तेरी तरफ,
तू रुख़ ना मोड़ लेना मुझसे
ज़िम्मेदारी उठाने की परख
आकर कह गयी है मुझसे ।

ऐसी भी क्या बुरी लगी

जो हमारी न सुनी,

हमने ख़ास तौर पे रखी वो बात बताने को ,

ऐसी भी क्या बुरी लगी

जो हमारी ना सुनी,

हमने ख़ास तौर पे रखी वो बात बताने को

ख़फा हुए वो इस क़दर हमारी ना सुनी,

कह दिया था ज़माना ने जुदा हो जाने को,

फिर भी रहे इस डगर ,हमसे ही बताने को,

हमने कहा भी होगा चले जाने को,

नज़रअंदाज़ करके ठहरे हो मुँह दिखने को ,

नज़रें जब तक मिली नहीं तब तक ना सही ,

ऐसी भी क्या बुरी लगी

जो हमारी ना सुनी ।

ख़ामोश गुफ़्तगू

हमने कोशिश बहुत की
संभल जाने की,
राह चलती जा रही थी
हम बदलते गए ,
दिल ने शिकायत की,
सफर में रुक जाने की ,
राह चलती जा रही थी
हम बदलते गए ।

ए ज़िंदगी तू बता ,
क्या है तेरे दिल में तेरी खता,
नफ़रमान ज़माने ने तस्वीर एक बनाई,
जिस घड़ी तू साथ ना दे,
मेरी खता ,
तेरी मौजूदगी मेरा एक सहारा
ज़िद पे अड़ी है अभी भी
तेरी खता ।

ख़ामोश गुफ़्तगू

दिल के एक कोने में
बचपन के मेरे खिलौने में
वो बिखर गए है तितली बनके
उड़ जाना है सलोने में ।

~~~~~

कभी हमारा ज़िक्र भी हो
के हम मग़रूर ही सही,
हम में खामियां बहुत है
मगर हम शायर ही सही ।

~~~~~

मैं रहूँ या ना रहूँ
ज़िंदगी तू है अभी और रहेगी सदा,
मेरी ज़िद है यही,
मेरी ख़ता।

ख़ामोश गुफ़्तगू

दिल तुम धड़कते क्यों नहीं?
मेरी तरह मचलते क्यों नहीं?
कर दिया नीलाम जहां ने तुम्हें,
मेरी सुन के बहकते क्यों नहीं?
दिल तुम धड़कते क्यों नहीं?

भरोसा रख,
जाना कहाँ, मालूम कर,
रास्ता अभी मौजूद है,
मंज़िल अभी मिलेंगी नहीं,
मंज़िल अभी मायूस है,
ढल रही शाम मगर,
मुसाफ़िर अभी आबाद है।

मिले थे हमसे वो इस अदा से,

गर पलट के ना देखते

तो बुरे हम ही होते,

जो देख ही लिया था

पलट के उन्होंने

आँखें खुली भी तो

नज़रे उनकी नज़र आ रही थी ।

वक़्त लग जाता है

हाल-ए-दिल बताने में,

हम खुश हो जाते है

एक-एक को मनाने में,

मिलता है सुकून,

उस तरफ मेरे दिल को

जिस दिल ने पुकारा हो मंज़िल को ।

मसरूफ़ियत ही अच्छी थी ज़िंदगानी में,
बात किए तो पता चला
हर कोई गुम है अपनी कहानी में ।

~~~~~

बेपरवाह हवा में
एक मस्त - मगन हवा उड़ चली,
जाना था कहीं
और कहीं उड़ चली ।

~~~~~

चलते-चलते ऐसा लगा
बहुत दूर आ गए , बहुत जल्दी
मेरे किरदार ने रुख़ बदला तो सही,
वक़्त लगा बहुत जल्दी ।

दो जिस्म आ रहे है उस बीच
जिस बीच ज़मीन का बटवारा था,
धड़कन एक थी
दिलो का दो किनारा था ।

~~~~~

मुस्कुराइए,
ये तलब अच्छी बला है,
हम मदहोश हो जाते है,
मशहूर होने क बाद ।

~~~~~

लफ़्ज़ बदले जाते नहीं,
मुलाक़ातें मुकम्मल हो जाती है,
मिश्र की दुनिया में
बातें मुकम्मल हो जाती है ।

हर बात छुपाना,

हमेशा मुस्कुराना,

नाराज़ हूँ भी तो टहलाना,

मर्ज़ की दवा खुद ही ले आना,

क्या सच में हम बड़े हो गए?

~~~~~

दौलत तो मिल रही थी बे-शुमार,

जीने का सलीका ना मिला।

आईना तो देख लिया कई बार

तसव्वुर का मुआइना ना मिला।

~~~~~

ज़ख़्मी ज़हन है काम का,

उसको मालूम है,

ज़ख्म कितना गहरा है,

दूसरों को नहीं देना है ।

तजुर्बे मिल जाते है मुलाक़ातों से
अपने घर में तो अपनी ख़ैरियत भी न मिले ।

~~~~~

चलना आसान न होगा उस डगर
जिस डगर की नीव मखमल की हो ।

~~~~~

हर कोई लड़ रहा है अपनी लड़ाई
चाहे ये दौर हो या वो ।

~~~~~

जिससे डर के भाग रही थी
वो ही सामने आ गया ।
~~~~~

लफ़्ज़ मिल जाते है,
बयां नहीं होत
क्या हम अभी भी उस सफर के मुसाफ़िर है
जो आसान नहीं होता ।

~~~~~

कुछ नज़्म बयां करते वक़्त
लफ़्ज़ खत्म हो जाते है,
हो जाते है मुकम्मल नज़्म फिर भी,
मायने मिल जाते है,
बात बादल जाती है ।

~~~~~

ख़्यालों का तसव्वुर कुछ ऐसा है जनाब
हम ख़्यालों में उलझे रहते है
और लोग हमें सुलझा हुआ कहते है ।

कभी कभार
पुरानी गलियों में भी
घूम आना चाहिए
ज़िंदगी आगे बढ़ाने के लिए
कुछ नए रास्ते मिल ही जाते है ।

रात के उस पहर
मेरी आँख खुली,
जब ख़्याल ज़हन में चल रहा था,
कलम उठा के लिखना चाहा,
हरगिज़ यही तोहफ़ा था उस पहर का
मुस्कुरा उठी उस सहर
जब मालूम हुआ
वो महज़ एक ख़्वाब था ।

कहती है ज़मीन अपना ज़मीर झाँक,
मेरे अंदर फलां –फलां ओहदे की शख़्सियत है,
फिर तेरा क्या मोल ।

~~~~~

आज़ाद वही है
जो गुम है अपनी दुनिया में
बाकियों को तो रिवाज़ों ने बांध रखा है ।

~~~~~

गुफ़्तगू के दौर में
ख़ामोशी का सहारा लिए,
हम अपने आपको साबित करने चले है ।

करीब से देखोगे तो सिर्फ उजाला दिखेगा,
झाँक कर देखोगे तो गहरी खाई है ये ज़िंदगी ।

~~~~~

खो जाते है लोग मिलने के बाद
रह जाता है इंतज़ार बिछड़ने के बाद ।

~~~~~

मेरी अपनी कहानी इतनी हसीन थी;
दूसरों की क्या पढ़ती ।

~~~~~

मेरी ख़ामोशीयों की शिकायत करने वाले
कभी मेरे लफ़्ज़ की अहमियत तो रखते ।
~~~~~

वक़्त रुक जाता है,
लम्हें थम जाते है,
जब हम इस दौर में होकर
उस दौर में घूम के आते है ।

~~~~~

आज जिस तरह आप हँसके-मुस्कुरा रहे हो,
डर है मुझे, इस अंदाज़-ए - गुफ़्तगू से
ज़्यादा खुशी के पीछे की वो सच्चाई छिपा नहीं पा रहे हो,
आज जिस तरह आप हँसके-मुस्कुरा रहे हो ।

~~~~~

दिल रोया
जुबान चुप रही
सिसकियों ने मुह को दबाया
की वो आज फिर बिना कहे सो गया ।

भूली हुई कहानी

भूल ही गयी थी की

तेरी उस याद का आना

और मेरा तेरी तरफ इठलाना

जब तेरी याद थी फसाना

अब तेरी याद ही है एक बहाना की

तेरी उस कहानी की रवानी

अब सबको है सुनानी

भूली हुई कहानी

भूल ही गयी थी ।

तुम करीब हो फिर भी

क्यों करीब रहने के लिए तरस रहे हम,

जब मिले हो राहों में

क्यों दिल ही दिल में बरस रहे है हम ।

~~~~~

यहीं तो बनाया था अपना छोटा सा जहां ,

कोरे कागज़ पे,

असलियत मई खूबसूरती,

कुछ ओर ही थी ।

~~~~~

सोच तो दिमागी बीमारी है

जो आती-जाती है ,

जब आती है वो ज़माना लेकर

जब जाती है वो फ़साना देकर ।

जो कहानियाँ पढ़ी थी बचपन में,
उसके दो पहलू होते है,
जवानी में समझ आ रहा है ।

शाकिस्ता दिल

हमने जो गवाही दी अपने पाक होने की
लोगों ने हमारे ऐब गिनवाने शुरू कर दिए ।

~~~~~

खूबसूरत होना किसी बददुआ से कम नहीं,
चाहने वाले बहुत है, अपनाने वाला कोई नहीं ।

~~~~~

नशा तेरा इस क़दर चढ़ा है हम पे
हम संभलना भी चाहें तो कैसे ।

~~~~~

ये जो बे-दर्द लोग होते है
इनके ज़ख्म बहुत गहरे होते है ।
~~~~~

मेरी क्या हैसियत जो सवाल करूँ
मैं तो वो तलबगार थी मोहब्बत की
बिना जाने भरोसा किया ।

~~~~~

तुम्हारी ज़िंदगी में
हमारे लिए वक़्त नहीं माना,
मगर क्या सच में वो दिखावा था ।

~~~~~

ज़िक्र तो हुआ था, मेरा भी
जब तुम्हारी बात निकली
मैंने जुबान को थाम रखा था
अनजानों के बीच ।

मिलते है लोग
रोज़ पूछते है हाल मेरा,
मैं भी बता देती हूँ;
बहुत खुश हूँ अकेले ।

~~~~~

मुमकिन है
हमको भूल जाना तुम्हारा,
हम अपनी याद दिलाने क लिए
रिश्वत नहीं देते ।

~~~~~

तुमने क्यों मेरी ज़िंदगी में फिर से आकर
मुझ पे यूँ एहसान किया,
मैं तो पागल आवारा हूँ,
फिर बहक जाऊँगी ।

जा रहे थे वो दूर
बिना बताए,
दिल की धड़कन रुक –रुक के चलने लगी,
बिछड़ने के एहसास से।

~~~~~

इश्क़ में हम इस क़दर फ़ना हो गए,
हमारा वजूद हमारा ना रहा,
हम खुद ही खफ़ा हो गए।

~~~~~

मुझे अब धुए की ज़रूरत नहीं,
स्याही से काम चला लेती हूँ;
गम मिटाने के लिए।

ख़ामोश गुफ़्तगू

आबाद थे हम,

जब अपने हुआ करते थे,

ना कोई फ़िक्र थी,

ना कोई रंजिशे,

फ़िक्र ने दस्तक दी,

तो रंजिशे झाँकने लगी,

कर दिया दरवाज़ा बंद

ना हमें फ़िक्र चाहिए,

ना तोहफ़े में रंजिशे

अब हम फिर आबाद होना चाहते है ।

बहुत थकी हुई हूँ

इस भाग दौड़ में,

की थम जाने दो मुझे

कहीं आगोश में,

मिल रही है पल भर की ज़िंदगी

जीत लेने के जोश में ,

बहुत थकी हुई हूँ में

इस भाग दौड़ में ।

गुमनाम है जहां
मेरे अल्फ़ाज़ों से,
अगर जान जाए
तो कभी रूठने की गुस्ताख़ी ना करें ।

~~~~~

पहली दफ़ा जब ज़िक्र हुआ होगा,
मैंने कुछ अनकहा सुना होगा,
बातें थी वो बे-शुमार अच्छाइयों की,
गलती से मैंने अपने हक़ में गिना होगा ।

~~~~~

ऐसे रुकसाती ना लो हमसे
हमारा वजूद वहीं खत्म है,
जहाँ आप गए हमें छोड़ के ।

आज़माइश ना कर मेरी यूँ तो बेवफ़ा
जब तूने मुझे अपना बनाना ही नहीं है
तो ये दिखावा कैसा ।

~~~~~

गुनाहगार थे हम
तो शरीफ आप भी ना थे,
इश्क़ का दर्द जो लिया,
मग़रूर हुए आप
मोहताज़ हुए हम ।

~~~~~

ना बुलाया आपने,
ना आए हम
ज़िंदगी गुज़र रही है
इंतज़ार में ।

मुश्किलें तो आती थी

अंदाज़ा लगाने में

कौन सही है कौन ग़लत

फ़र्क़ सिर्फ़ इतना है

अब हम सही को भी

ग़लत समझने लग गए ।

~~~~~

हो जाते है तार-तार,

जब नाम आपका सुनाई देता है

लगता है

उस लफ़्ज़ के ज़रिए

क़त्ल हो रहा है

जज़्बातों का ।
~~~~~

ख़ामोश गुफ़्तगू

मेरी कहानी तुम कभी समझ नहीं सकते,
मुझे जानने के लिए,
मेरा एक दफ़ा रोना ज़रूरी है ।

~~~~~

रुसवा नहीं हम आपके ना आने से,
जो गए आप,
दहशत तो मोहब्बत क नाम से हो गई ।

~~~~~

ना कर कोशिशो मुझे यूँ अपना बनाने की,
कोशिश नाकामयाब हुई तो
जो तेरा साथ है
वो भी खो बेठेंगे ।

यूँ गफ़लते ना कर

मेरी जहान में,

मैं जानती हूँ,

मुझे खोने क बाद

तू मुझे पा ना सकेगा ।

~~~~~

अब खुद की सूरत पसंद नहीं मुझे

जाने क्या देख के कहते है लोग

मग़रूर हूँ मैं ।

~~~~~

ज़िंदगी ने उस उम्र में ला के खड़ा कर दिया,

जहां हँसना भी सोच समझ के पड़ता है;

लोग मसकरा समझने में देर नहीं करते ।

फ़ितरत नहीं हमारी अपनी बात ज़ाहिर करना,
लफ़्ज़ जो निकलते है
सिर्फ पन्नों को ख़बर है ।

~~~~~

क्या गुमान है तुझे ए ज़िंदगी
क्यों इतराया करती है,
जब वो अपने है ही नहीं
क्यों हक़ जताया करती है ।

~~~~~

होते है लोग सुलझे हुए,
जो एक बार नहीं कई बार
उलझ जाते है रिश्तों क जाल में ।

गुफ़्तगू के दौर में
खामोशी का सहारा लिए
अपने आपको साबित करने चले है ।

~~~~~

इश्क़ था हमको
तुम्हें ना होगा,
सच्ची मोहब्बत थी वो
कच्ची उम्र की ।

~~~~~

क्या मिला ख़ुदा को
मुझे तुमसे जुदा करके,
तुम भी अकेले,
हम भी अकेले।

कहते थे हम बिखर जाएंगे आपके ना आने से,
साल बीत गए हम तो वैसे ही है ।

~~~~~

दर्द-ए-दिल ने क्या सितम किया
हम क्या हुआ करते थे हमें क्या कर दिया।

~~~~~

नशा तेरा इस कदर चढ़ा है हम पर,
हम संभलना भी चाहें तो कैसे ।

~~~~~

तेरी खुदगर्ज़ी की क्या तारीफ करूँ ए दुनिया
अब तलक मुझसे खफ़ा है ।
~~~~~

ज़िंदगी का आलम कुछ ऐसा है जनाब,

हमने वफ़ा की

तो आप बेवफ़ा थे,

जब हमने बेवफ़ाई की

तो आप खफ़ा है ।

~~~~~

तू सफर है

लेकिन मंज़िल नहीं,

तुझे भूल पाना

ऐसा मेरा दिल नहीं ।

~~~~~

मुस्कुराहट जो छीनी है,

हमने आँसुओं से दामन भर लिया,

ख़ुदा भी देख कर हैरान है

कैसे खुद को बदल लिया ।

दिल ने कहा,
यकीन कर, दिमाग इजाज़त नहीं देता
दोबारा यकीन
फिर ज़ख़्म देगा,
और दिल फिर अपने कहे पे रोएगा ।

~~~~~

मेरे घर की चौखट पर आकार
मेरे बारे में इख़्तला करने वाले
तेरा ये शौक कुछ समझ नहीं आया मुझे ।

~~~~~

मेरी ग़लतियों को नज़र अंदाज़ करते-करते,
मुझे गलत बना दिया,
ये मोहब्बत थी
या साज़िश ।

मेरे वजूद को तो मिटा दोगे
मेरा किरदार कहाँ से लाओगे ।

~~~~~

ज़िक्र तो करते है हम आपका गैरो में,
अब अपनों ने हमको समझना छोड़ दिया ।

~~~~~

सौ दफ़ा ढूंढना चाहा तुम्हें,
एक दफ़ा मिल भी गए लेकिन टूटे हुए ।

~~~~~

इतना मुश्किल तो नहीं था साँस लेना
अब अपने ही घर में घुटन सी हो रही है ।
~~~~~

इबादत में सिर झुका रखा था,

सामने से वो ख़्वाब कब कोई
चुरा ले गया
पता भी ना चला ।

~~~~~

एक मुलाक़ात में ही समझ गए थे
अंजाम मोहब्बत का,
आपका दिल रखने क लिए
रिश्ता निभाते जा रहे थे ।

~~~~~

क्यों आते है लोग चले जाने के बाद
हम तो खुद ही मशरूफ़ है
अपने आपको मनाने में ।

ख़ामोश गुफ़्तगू

कोई गम है

जो रात को सोने नहीं देता,

कोई बुराई है,

जो रो कर भी रोने नहीं देती,

मेरी नज़र में

ना तो कोई गम है, ना बुराई है

बस ये जो हालात है

जो किसी का होने नहीं देते ।

कहते है

सब अपना नसीब लिखवा के आते है

मैंने नखरे किए होंगे,

ख़ुदा ने लिखा मिटाया होगा

इसलिए ज़िंदगी की राह में

कुछ ना कुछ

पीछे छूट ही जाता है ।

इख्तला करके दिल लगाना साहब,

दिल दरिया है,

या तो डूब जाओगे

या किनारे तक

पहुँच जाओगे ।

~~~~~

जो कहानियाँ पढ़ी थी बचपन में,

उसके दो पहलू होते है;

जवानी में समझ आ रहा है।

~~~~~

कामयाबी सर चढ़के बोल रही थी,

दिन चलता जा रहा था,

लोग बदलते गए,

अपनों से दूर होते गए ।

मेरी गलतियों की सज़ा वो क्या जाने,
उनको तो सिर्फ इल्ज़ाम लगाना आया है,
ज़िंदगी बेज़ार हो जाती है,
उन खुशनुमा पलों को याद करके
जब यादों में उनका ज़िक्र आया है ।

~~~~~

माना सफर बहुत लंबा था
गर साथ हमारा देते
'सोफ़िया',
दोनों मुकम्मल हो जाते
सफर भी
और हम भी ।
~~~~~

मेरी ख़ामोशियों की शिकायत करने वाले
कभी मेरे लफ़्ज़ों की अहमियत तो रखते ।

~~~~~

मेरा मुक़ाबला तुम क्या करोगे नादानी का,
उम्र गुज़र रही है बड़े होते-होते ।

~~~~~

मेरी आखिरत सिर्फ मेरी होगी
उस पे किसी और का हक़ नहीं होगा ।

~~~~~

बह जाना है दरिया के उस बहाव के साथ,
जिस बहाव का ज़रिया हवा हो ।
~~~~~

ज़रिया तो बने थे हम भी
तुम्हारे उस सफर के,
हमको तो भूल जाओगे
उस पल की याद कैसे भुलाओगे ।

~~~~~

दवा तो लिए थे हम,
करना था कुछ दर्द कम
चोट ही इतनी कायल थी
मोहताज़ हो गए मर्ज़ के ।

~~~~~

जब शिकवे खत्म हो जाए
तो शिकायत शुरू हो जाती है,
ये गजब का दौर है जनाब,
दूरियाँ शुरू हो जाती है ।

बहुत मिले मौके
अपने आपको सही साबित करने के
फिर लगा
दगा कर रहे है
अपनी अहमियत के साथ ।

~~~~~

परछाईयाँ मिट ना जाए,
अपने आपको संभाल के रखना,
मेरी मौजूदगी तो होगी
मरहूम ना कर दे रंजिशे
संभाल कर रखना ।
~~~~~

इल्तिजा सिर्फ इतनी है 'सोफ़िया'
की तू समझ जा
आज़माना कभी कम ना हुआ तेरे किरदार का
तू बेवजह खुश है गुल - ए- बहार में।

~~~~~

हल्के में ले लेते है लोग
कुछ नायाब चीज़ों को,
जैसे मैखाने ने
शराब को ले रखा है ।

~~~~~

तुम्हारी तमीज़ बत्तमीज़ी सी लगने लगी
जब हमने होश में आकार
तुम्हें पढ़ा ।

खफ़ा है खुद से इस कदर;
आईना मतलबी लगता है ।

~~~~~

एसे रुकसाती ना लो हमसे
की हम अपना वजूद यहीं खो बैठे।

~~~~~

हर रंग की कीमत अलग होती है
चुकाने पे समझ आ रहा है ।

~~~~~

याद नहीं कब खुल के हँसी थी
उसकी याद में, या उसकी बात में ।
~~~~~

कुछ सही,

कुछ गलत,

जो किया हमने,

ज़िक्र किया होता एक बार,

कर दिया सूना मेरे आँगन दिल का,

प्यार से कह दिया होता एक बार ।

ज़िंदगी से मिले आज हम

ज़िंदगी कहकर चुप हो गयी,

अब तुम अपनी मर्ज़ी की मालिक हो,

दोस्त हो,

दोस्त रहोगी,

हम साथ-साथ है,

जब तक में तुम्हारे साथ रहूँगी ।

जिस घड़ी का इंतज़ार था
वो बहुत पीछे निकल गयी
आगे बस सफर का अंदाज़ा है ।

~~~~~

जो बदला रुख हवा ने,
आपने भी नाता छोड़ा।
मौसम के बदलने से पहले
आपने रिश्ता तोड़ा ।

~~~~~

मग्फ़िरत ना मिली थी अभी
हमारे जनाज़े पे अभी
उसका आना बाकी था ।

मिल जाया करो, यूँहीं बेवजह हमें
सदियों से तलाशते रहते है तुम्हें ।

~~~~~

देखते है, इंतकाम वफ़ाओ का,
अभी तो हम ज़िंदा बाकी है ।

~~~~~

इस्तिहार में छापे वो लफ़्ज़
वजह बन रहे थे तुमसे दूर जाने के ।

~~~~~

मेरी क़ब्र पर एक गुलाब का पौधा ज़रूर लगा देना
मुझे आदत सी है काँटों के बीच रहने की ।
~~~~~

दिल ने कहा यकीन करो,

दिमाग इजाज़त नहीं देता,

दोबारा यकीन , फिर ज़ख़्म देगा,

और दिल अपने ही कहे पे रोएगा ।

~~~~~

कमजोरी नहीं, ताकत है मेरी,

मेरी किताब नहीं, जन्नत है मेरी

कह दिया दुनिया ने पुरानी है पसंद,

पुरानी पसंद में ही खुशी है मेरी

कमजोरी नहीं, ताकत है मेरी ।

~~~~~

तुम्हें भूल गयी हूँ,

इतनी खुदगर्ज़ तो ना थी मैं,

आख़िर ये खुदगर्ज़ी भी तो

आपकी मेहरबानी है ।

मिलते है लोग
रोज़ पूछते है हाल मेरा
मैं भी बता देती हूँ
बहुत खुश हूँ अकेले ।

~~~~~

रुसवा नहीं हम आपके ना आने से,
जो गए आप ,
दहशत तो मोहब्बत के नाम से हो गयी ।

~~~~~

दर्द-ए-दिल ने क्या सितम किया,
हम क्या हुआ करते थे,
हमें क्या कर दिया ।

आज फिर नींद ले रुकसाती ले ली हमसे,
कह कर चली गई, उनको याद करो,
मैं फिर नहीं आऊँगी ।

~~~~~

मोहब्बत एक नशा था,
जब चढ़ा था, हम होश खो बैठे
जब उतरा, हम खुदको खो बैठे ।

~~~~~

मिसालें देते है लोग अपने बड़प्पन की,
कभी जाकर आईना देखिये जनाब,
सच – झूठ;
कहीं नूर ना चीन ले चेहरे का ।

इश्क़ में हम, इस कदर फना हो गए ,

हमारा वजूद हमारा ना रहा

और हम खुदसे ही खफा हो गए ।

तरग़ीब / हौसलाफ़ज़ाई

सिखा देते है मुलाक़ातों से लोग
तजुर्बा बड़ा है
सफर लंबा है ज़िन्दगी का ।

~~~~~

दिल करे संभल जा,
वहाँ जा जहाँ तेरा जहां,
मुश्किल मिले तो मिले सही,
कर दे आसान दिलों का समा ।

~~~~~

जिस सफर में चले है,
राह बढ़ी,
हम बढ़े है,
खोया नहीं पाया बहुत,
प्यार की राहों में ढले है ।

हम अपने सफर में,

अपनी ख़्वाहिशे लिए चल दिए,

जहाँ हमने अपना एक जहां बनाया,

उस जहां में सबको अपनी तरह बनाया,

ना कोई मंज़र दगा का रहा,

ना कोई रंजिशों की कहानी,

फिर वो ख़यालों में सही,

अपनी तरह बनाया

हमने अपना एक जहां बनाया ।

ख़ामोश गुफ़्तगू

वक़्त की कश्ती

कश्ती का चलना

समुंदर की लहरों के साथ,

रुख़ का बदलना हर लहर के साथ,

वक़्त बदलता नहीं, रुख़ बदल जाता है

ज़रूरतों के साथ ।

एक आवाज़ मेरी तरफ जो आ चली,

दिल बहक उठा, मुस्कुरा कर चहक उठा,

दिल की धड़कन भी बढ़ रही थी की अब वो आने को है,

मेरी नींद मुझसे बिछड़ रही थी की अब वो आने को है,

सिर झुका तो था हमारा उस तरफ जिस तरफ ख़ुदा की रज़ा होगी,

हम छीन रहे है वो लहर जो पाक होने की होगी ।

अपने आपको पा लिया हमने तन्हाइयों में,
भीड़ में जो गुम गए थे ।

~~~~~

खुद जलकर रोशनी देने वाले
तेरी क़दर का तक़ाज़ा ये उजाला क्या जाने ।

~~~~~

तजुर्बे जो बतला देते है बातों –बातों में बड़े-बुजुर्ग
वो एहसास करने में अलग मज़ा होता है।

~~~~~

हम वो मुसाफ़िर है रात के
जो ख़्वाबों में जहां घूम आते है ।
~~~~~

मुसाफ़िर तो सभी है, ज़िंदगी के
रास्ते बहुत है,
हम लंबा रास्ता तय कर लेते है मगर
सफर के मौज में ।

~~~~~

इंतज़ार करते-करते
गुज़र जाएगी ये रात,
एक रात के बाद आएगी वो रात
जिस तरह सुबह आती है सवेरे के साथ ।

~~~~~

सफर मिला है,
तो मंज़िल भी मिलेगी ।
सब्र करने वालों को
जन्नत भी मिलेगी ।

ठहर जा यहीं
जाना कहाँ,
कह रही है मुझे
यहाँ की हवा ।

~~~~~

राबता रख के देख लिया,

अब दुश्मनी की बारी थी,

फिर सोचा कौन सी उनसे हमारी कोई

पुरानी उधारी थी ।

~~~~~

तजुर्बा बड़ा हो या तरीका,

आप बड़े हो या आपका ओहदा

बात हमेशा इंसानियत की होती है ।

सिखाया ज़िंदगी ने
संभल कर चल,
रास्ता कच्चा ।

~~~~~

कश्मकश जो चल रही थी
दिल ओर दिमाग के बीच 'सोफिया '
आज दिल जीत गया और में हार गई ।

~~~~~

दिल करे संभल जा
वहाँ जा जहां तेरा जहां
मुस्क़िल मिले तो मिले सही
कर दे आसान दिलो का समा ।

अपनों के बीच रह कर देखो,

बाहर निकलना भूल जाओगे,

छोटे बच्चे की हँसी

बुजुर्ग का मुस्कुराना,

जन्नत की सैर करवा देगा,

कभी अपनों को अपना समझ के देखो

पुरानी बातें करके देखो,

नए रास्ते ना मिले तो कहना

कभी अपने घर को अपना समझ के देखो ।

नाकामयाब नहीं, मशरूफ़ हूँ,
अपने आपको पा लेने की ख़्वाहिश में ।

~~~~~

आसमानों की ख़्वाहिशे रखने वाले,
ज़मीन से नाता नहीं तोड़ा करते ।

~~~~~

खूबसूरत है ये ज़िंदगी यारों
बस खूबसूरत लोगों की तलाश है ।

नीले समुंदर में पंछी की तरह
ढूँढ रही हूँ बसेरा अपने आगन का ।

~~~~~

अपने आपको पा लिया मैंने अकेले मैं,
भीड़ मे जो खो गई थी ।
~~~~~

~ ८८ ~

डोल रही थी वो, हवा की धुन के साथ

आ रही थी इसी ओर, मेरे मन के साथ ,

चमक गयी मेरी आँखें उसे आते देख ,

बहुत देर से जो कर रही थी मे पीछा उसका ,

झगड़ रही थी डालियों से वो, मेरे ख़ातिर,

करीब आते-आते कुछ तो वो भी उलझी होगी ,

आ गिरी एसे, जैसे कोई पत्ती,

"पतंग मेरी "

जैसे कोई डोर हो कट ती ।

पानी पर बहते जाते है
बहते-बहते ठहर गए के
अब ये मंज़िल रुकी यहीं के
अब मुसाफ़िर थका यहीं के
अब किनारा मिला यहीं ।

~~~~~

ज़िंदगी मुस्किल नहीं
तरीक़ा हो सही
ज़िंदगी जीना सीखा देता है ।

~~~~~

इंतज़ार करते करते
गुज़र जाएगी ये रात
एक रात के बाद आएगी वो रात
जिस तरह सुबह आती है , सवारे के साथ ।

You contact the Publisher at:

www.fanatixx.in